Mes plus belles histoires de Noël

AUZOU

Sommaire

Azuro
et le défi du Père Noël

Texte de Laurent et Olivier Souillé
Illustrations de Jérémie Fleury

Dans le village, les enfants étaient heureux :
Noël arrivait à grands pas !
Plus que trois nuits avant le grand jour...

TOC TOC TOC !
Quelqu'un frappait bruyamment à la porte de la caserne. Azuro ouvrit mais ne vit personne... Soudain, une voix enjouée déclara : « J'ai du courrier pour vous ! »

Un lutin tout riquiqui se tenait devant lui. Il était rigolo avec son bonnet vert, ses oreilles pointues et son nez allongé. Il tendit une enveloppe à Azuro, puis disparut dans un nuage de fumée…

Incroyable, c'était une lettre du Père Noël ! Il demandait au dragonneau de le rejoindre au pôle Nord de toute urgence. Jippy et Azuro s'envolèrent à tire-d'aile... Sur le chemin, ils découvrirent un spectacle magnifique : une aurore boréale !

Le Père Noël les accueillit à bras ouverts. Après leur avoir offert un délicieux souper, il s'expliqua : « Mes rennes sont malades. Pour distribuer les cadeaux aux enfants, je dois faire appel à un dragonneau.

Crème, mon dragon cracheur de neige,
est habituellement là pour m'aider...
mais il s'est absenté pour aller voir ses parents ! »

« Azuro, tu seras soumis à des épreuves. Car je dois savoir qui est… le meilleur de vous deux ! » dit le Père Noël.
Et il disparut derrière une porte en bois. Quelques instants plus tard, il revint accompagné d'un dragonneau rouge et d'une élégante chauve-souris…

« Voici Vermillon et son amie Alia. Azuro, tes talents de pompier m'ont impressionné, mais un seul dragonneau m'accompagnera : celui qui gagnera le plus d'épreuves demain !
— C'est moi qui vais gagner ! » s'exclama Vermillon, en gonflant la poitrine.

« Maintenant,
je vais vous faire visiter
mon petit chez-moi ! »
s’exclama le Père Noël.

Les dragonneaux restèrent sans voix lorsqu'ils découvrirent l'atelier de confection des jouets. C'était le plus bel endroit du monde !

« Mes amis, il est maintenant l'heure d'aller se coucher », dit le Père Noël en bâillant.
Alors qu'Azuro entrait dans sa chambre, Vermillon lui chuchota à l'oreille : « Tu devrais abandonner, tu ne feras pas le poids, dragounet ! »

2

Le lendemain, les épreuves s'enchaînèrent comme prévu : courses de vitesse sans faire tomber les cadeaux, résistance face aux vents les plus forts...

Il était impossible de les départager !
Finalement, le Père Noël organisa
une dernière épreuve : le défi du feu
contre l'eau…

Le Père Noël annonça : « Prêts ? Trois, deux... »
Sans qu'il s'en aperçût, Vermillon expulsa des boules de feu avant la fin du décompte.
Heureusement, Azuro réagit immédiatement.

Après plusieurs minutes,
les dragonneaux abandonnèrent, à bout
de souffle. Encore une fois : MATCH NUL !

À la fin de la journée, le Père Noël fit asseoir Azuro et Vermillon devant la grande cheminée.
« Mes amis, vous êtes les dignes successeurs de Crème ! Hélas ! Je n'ai besoin que d'un seul dragon pour tirer le traîneau. Laissons le hasard décider... »

« Dans mon bonnet, il y a deux papiers. Le dragonneau qui tirera celui avec un traîneau m'accompagnera... » dit le Père Noël avec une voix grave.
Vermillon croisa le regard d'Alia. La jolie chauve-souris le vit alors qu'il était en train de tricher, et Vermillon hésita... Son envie de gagner valait-elle la peine de décevoir son amie ?

« C'est Azuro qui vous aidera à distribuer les cadeaux ! déclara alors Vermillon d'un ton bourru. Je lui laisse la place. » Surpris, le Père Noël félicita le dragonneau pour sa généreuse proposition. Ému, Azuro en resta bouche bée et se contenta de sourire à celui qui n'était plus son adversaire mais son ami.

Le jour venu, un épais brouillard s'était formé. Impossible de voir plus loin que le bout de son nez. Tous étaient désemparés, jusqu'à ce qu'Azuro leur souffle une idée...

Le spectacle était magnifique !
Vermillon projetait de puissantes flammes, transperçant le brouillard et traçant ainsi la voie à Azuro qui tirait le traîneau dans le ciel.
« Voilà, ça, c'est la magie de Noël ! » s'enthousiasma le vieil homme.

De mémoire de lutins, la distribution des cadeaux de Noël ne fut jamais aussi rapide...

« Azuro et Vermillon, vous m'avez été d'une aide précieuse ! Mes rennes tiennent à vous remercier en vous offrant ces grelots », déclara le Père Noël.
Au moment de se quitter, Azuro, Vermillon, Jippy et Alia promirent de se revoir…

Et de retour à la caserne, Jippy et Azuro découvrirent que le Père Noël ne les avait pas oubliés...

Joyeux Noël,
Petite taupe !

Texte d'Orianne Lallemand
Illustrations de Claire Frossard

C’est la veille de Noël. Le nez collé à sa fenêtre,
Petite taupe regarde la neige tomber.
Elle soupire : que va-t-elle faire de cette longue journée ?
Soudain : **Toc-toc-toc !**
Qui frappe à la porte de la petite taupe ?

Quelle bonne surprise !
C'est Jojo le blaireau et Jean-Lapin.
Entre eux, il y a… Oh ! Un beau sapin.

« On a pensé qu'un sapin de Noël,
ce serait joli dans ton salon », dit Jojo.

Ravie, Petite taupe aide Jojo
le blaireau à installer l'arbre de Noël.
Mais soudain...

Toc-toc-toc !

Qui frappe à la porte de la petite taupe ?

C’est Milly-Mésange et ses petits.

« Bonjour Petite taupe, dit Milly. Avec les enfants, on a fabriqué ces boules de Noël pour toi. J'espère que tu les aimeras ! »

Pour les remercier, Petite taupe les invite tous à goûter.
C'est alors que…

Toc-toc-toc !

Qui frappe à la porte ?

C’est Jules l’écureuil.
Il tient entre ses pattes un gros livre.

« C’est Noël demain, dit-il. Alors je me suis dit : je vais aller lire un conte à ma petite amie. »

Très émue, Petite taupe le fait entrer. Mais elle s'inquiète : est-ce qu'il y aura assez à grignoter pour tout le monde ?

À cet instant…

Toc-toc-toc !

Qui frappe à la porte de la petite taupe ?

C’est Léon le hérisson.
Il apporte à Petite taupe un cake au potiron.
« Je l’ai fait cet après-midi pour ma petite taupe préférée, dit-il. Joyeux Noël !

– Cela tombe bien, applaudit Petite taupe, tout le monde a très faim ! »

Tandis que Jean-Lapin découpe le gâteau, Petite taupe prépare des verres de sirop. Tous sont impatients de goûter.
Mais soudain…

Toc-toc-toc !

Ah mais ! Qui frappe encore à la porte ?

C'est Léo la grenouille et Clara-Mulot, qui se sont faits tout beaux. « On est venus t'inviter à dîner, dit Léo. Pas question que tu sois seule pour le réveillon ! »

Petite taupe les remercie et les fait entrer.
Les deux amis en restent bouche bée : ah, ça non,
Petite taupe n'est pas seule dans sa maison !

C’est enfin l’heure de se régaler.
Miam ! Les gâteaux à la noisette de Petite taupe sont merveilleux et le cake au potiron délicieux.

Mais soudain... **Toc-toc-toc !**

Qui frappe à la porte de la petite taupe ?

Ahhh !

C'est le loup !

« N'ayez pas peur, je ne vous veux aucun mal, dit le loup, tout doux. Je voulais juste souhaiter un joyeux Noël à Petite taupe. »

Et il lui fait
un gros bisou.

Quelle douce nuit ! Dans la petite maison, tout le monde est réuni. Petite taupe est au paradis.

Joyeux Noël les amis !

Manolo le blaireau

se prépare pour l'hiver

Texte de Christelle Vallat
Illustrations de Cécile Touzé

Comme chaque année, Manolo va passer l'hiver chez Rusto, son copain blaireau. Pas une minute à perdre, il faut faire des provisions ! Manolo s'habille chaudement : il enfile son manteau, son écharpe, ses bottes fourrées, ses moufles et son bonnet à pompon.

Affrontant la bise et les premiers flocons,
il avance péniblement, en tirant son baluchon.

Le ciel s'obscurcit, Manolo se dépêche.
« Aïe ! Mais faites un peu attention ! Ma maison est en miettes ! » s'exclame une taupe qui vit là.

Manolo, embêté, réfléchit. Il faut vite trouver une solution.

Il creuse un peu la terre, quitte son bonnet à pompon et le dépose au fond.
« Voici une nouvelle maison bien douillette.
– Bravo, Manolo ! Pour te remercier, voici un bel oignon.
– Voilà qui sera bienvenu dans mes provisions ! »

Manolo repart.

Dans son baluchon, il a désormais **1 gros oignon**.

Mais que fait ce renard, assis sur un rocher ?
« Rentre vite chez toi ! s'exclame Manolo.
– J'aimerais bien... mais mes pieds sont frigorifiés.
Je n'arrive plus à avancer. »

Ce pauvre renard ne peut pas rester ici.
Alors Manolo quitte ses bottes fourrées et les lui donne sans regret.
« Comme c'est gentil ! En contrepartie, voici deux bottes de radis. »

Et hop ! Manolo repart.
Dans son baluchon, il a désormais **1 oignon** et **2 bottes de radis**.

Manolo pousse son chemin un peu plus loin.
Il n'a plus de bonnet ni de souliers, mais il a de quoi bien manger ! Vite, il court pour arriver avant la nuit.

Bing ! Une noisette lui tombe sur la tête !
« Quoi encore ?! Ça suffit ! s'exclame Manolo.
– Désolé, répond un écureuil, perché en haut d'un arbre.
Ma porte est coincée. »

Manolo réfléchit : peut-être qu'avec son cache-nez...
Un tour, deux tours, et hop ! La porte est calfeutrée.
« Merci ! Que dirais-tu de ces quelques noisettes
en guise de remerciement ?
– Je serais bien bête de les refuser ! » s'exclame Manolo.

Dans son baluchon, il a désormais **1 oignon**,
2 bottes de radis et **3 petites noisettes**.

Un peu plus loin, il rencontre un ourson.
Celui-ci éternue sans cesse.
« Tu me sembles bien enrhumé,
lui dit Manolo.

– Il fait si froid ! répond l’ourson.
– Et tu n’es pas assez habillé. »
Manolo lui donne son manteau.
« Tiens, avec ça, tu auras chaud. »

L'ourson n'en revient pas.
« Je te remercie. Je me sens déjà mieux.
Voilà quatre jolis champignons pour toi ! »

Manolo repart, il compte : ***1 oignon***, ***2 bottes de radis***, ***3 noisettes*** et ***4 champignons***. Quelle bonne cueillette !

Il longe la rivière.
« Où cours-tu comme ça, Manolo ?
lui demande un castor.
– Chez Rusto. Je me dépêche,
car l'hiver arrive à grands pas.
– À qui le dis-tu ! Mes doigts sont
engourdis par le froid.

– Tiens, enfile mes moufles. Je n'en ai plus besoin, la maison de Rusto n'est plus très loin.
– Merci, Manolo, c'est un très beau cadeau ! Prends donc ces cinq gros navets en échange.
– On fera un bon repas grâce à toi ! »

La lune est déjà haut dans le ciel.

« Rusto, ouvre-moi vite la porte !
– Mais enfin, Manolo, où sont ton manteau, tes bottes, ton écharpe, ton bonnet et tes moufles ?
– Ne t'inquiète pas. Je les ai échangés contre des provisions. Voici ***1 oignon***, ***2 bottes de radis***, ***3 noisettes***, ***4 champignons*** et ***5 navets*** ! »

Dormir pendant six mois, il n'en est pas question.
Bien au chaud dans leur terrier, les deux amis ont de quoi tenir.

La porte et les volets bien clos, ils remontent leurs couvertures.
Le froid n'entrera pas, foi de Manolo !

Le dos calé contre une bouillotte, les deux amis papotent.
« Le premier qui s'endort aura un gage au printemps »,
fanfaronne Manolo, sûr de tenir longtemps.

Mais ses paupières sont lourdes. Manolo dort bientôt paisiblement. Alors Rusto se penche et chuchote à l’oreille de son ami endormi : « Rendez-vous au printemps... »

Renato
aide le Père Noël

Texte de Virginie Hanna
Illustrations de Maud Legrand

Renato est un petit renne qui n'est pas très bon en sport,
il ne court pas très vite.

À l'école, certains élèves adorent lui répéter :
« Renato ne rime pas avec fort ! »

Évidemment, ce genre de moquerie n’aide pas Renato, et quand le maître prononce le mot « course », ses pattes commencent à trembloter.

Un jour pour retrouver le cadeau.

Un matin, le regard de Renato est attiré par le journal de mamie Irène, car, en première page, il y a une photo du Père Noël et de ses lutins.

Renato demande à mamie de lui lire ce qui est écrit.
« Par le velours de mes bois ! Le Père Noël et ses lutins ont perdu un cadeau ! » s'écrie-t-elle.

Un jour pour retrouver le cadeau
LA MONTA
MARDI
23
DÉC
2012
QUOTIDIEN DE LA FORÊT
LE PÈRE NOËL • FLASH

Mamie continue la lecture tout en écarquillant les yeux :
« Quelle tristesse, ce cadeau prévu pour une petite fille ne sera pas au pied du sapin le soir de Noël !
– Ce n’est pas possible, il y a certainement quelque chose à faire ! » s’inquiète Renato.

Mamie Irène termine la lecture par ces mots :
« Celui ou celle qui retrouvera ce cadeau intègrera l'équipe des rennes du Père Noël le soir de la grande distribution ! »

Renato n'en croit pas ses oreilles.
Le renne qui réussira aura une chance folle !

Mamie Irène remarque l'émerveillement dans le regard de Renato. Il y a toujours une petite étincelle dans ses yeux quand on parle du Père Noël. Elle lui dit alors :
« Par le velours de mes bois, pourquoi ne partirais-tu pas à la recherche du cadeau perdu ? »
Renato se dit que c'est une idée géniale, il n'y avait même pas pensé ! Mais…

« Non, mamie, je ne peux pas ! S'il faut courir ou sauter pour attraper le cadeau, je suis trop nul pour ça !

– Par le velours de mes bois ! s'exclame mamie Irène. “Nul” ne fait pas partie de mon vocabulaire et encore moins de celui de ton papi. Mais que fait-il, d'ailleurs ? Il y a du vacarme dans le grenier. »

Papi descend l'escalier, ses bois tout décorés de toiles d'araignées. Renato a envie de rire. Papi ressemble à un sapin de Noël !

Mais ce qu'il tient entre ses pattes retient l'attention de Renato : des jumelles, de grandes raquettes et des lunettes lumineuses.

Cette fois, Renato n'a plus d'excuses.
Avant qu'il ne parte, papi lui chuchote un secret à l'oreille :
« Au même âge que le tien, je n'étais pas fort en sport, et pourtant, moi aussi, j'ai aidé le Père Noël ! »
Le petit renne se sent rassuré et fier d'aller à la recherche du cadeau perdu.

Mais, une fois dans la rue, Renato s'aperçoit vite qu'il n'est pas le seul à chercher. Les rennes de son école sont en train de regarder sous les haies. Leur matériel est tout neuf et ils se vantent d'avoir vérifié chaque recoin.

Renato sent son cœur se serrer. Ce n'est pas possible, il ne réussira pas à retrouver le cadeau avant eux ! Ce n'était qu'un rêve !

Renato s'apprête à faire demi-tour, lorsqu'il se souvient d'un conseil donné par papi : « Commence par la forêt, elle se trouve sous le chemin des rennes ! »

Alors Renato s'y rend aussitôt. Sur le chemin, il voit des enfants le nez collé aux fenêtres. Ils ont l'air impatients que vienne la nuit de Noël. C'est le moment le plus excitant, celui où l'on découvre tous les cadeaux !

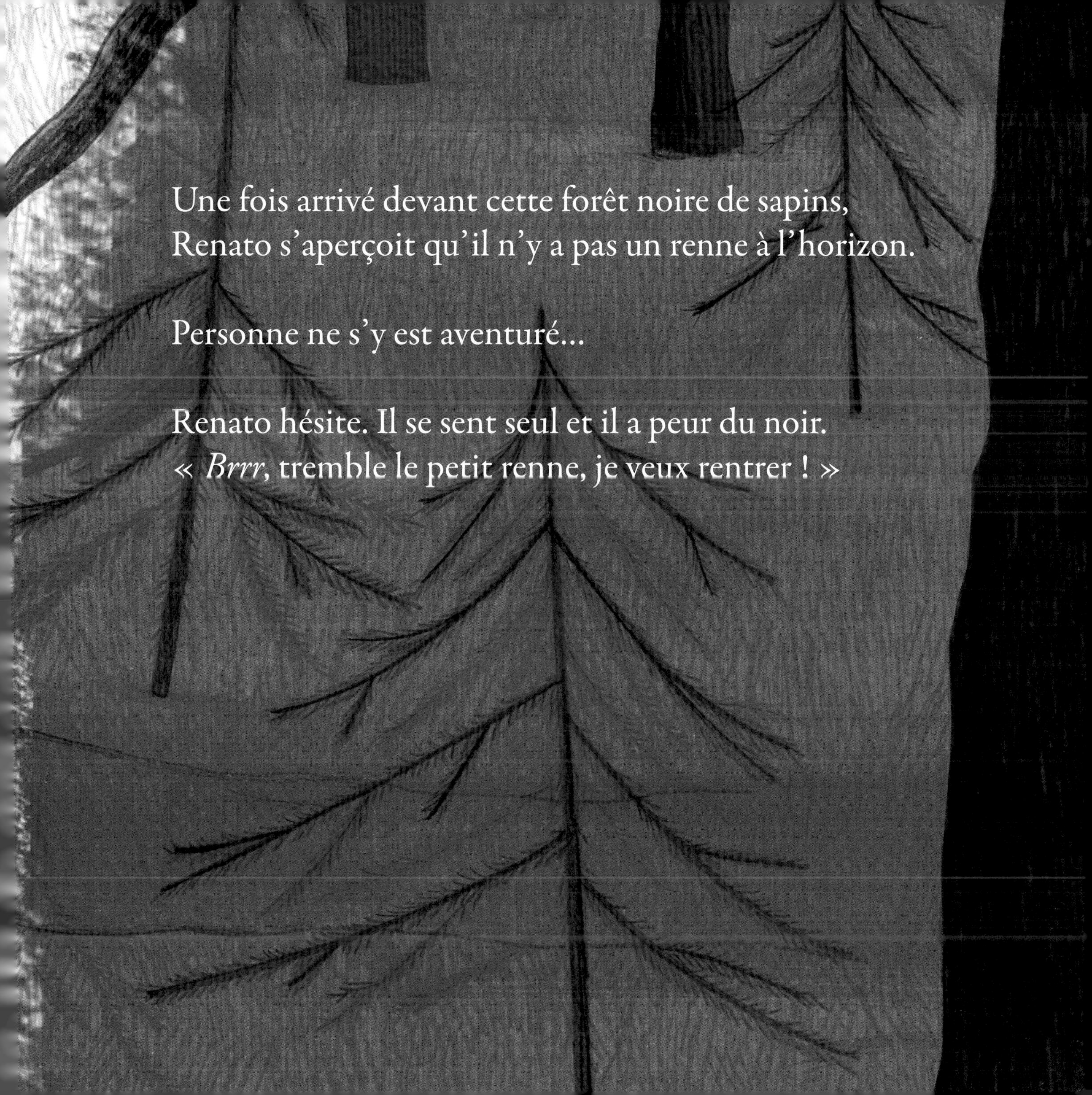

Une fois arrivé devant cette forêt noire de sapins,
Renato s'aperçoit qu'il n'y a pas un renne à l'horizon.

Personne ne s'y est aventuré…

Renato hésite. Il se sent seul et il a peur du noir.
« *Brrr*, tremble le petit renne, je veux rentrer ! »

Puis Renato pense à cette petite fille qui n'aura pas la joie de découvrir son paquet sous le sapin.

Elle doit être impatiente, comme tous les enfants qu'il vient de croiser.

Ce serait vraiment trop injuste
qu'un enfant n'ait pas
de cadeau le jour de Noël !

Les lunettes lumineuses fixées sur son nez, Renato s’enfonce dans la forêt.

Les branches craquent. Il préférerait être au chaud en train de boire un bon chocolat, mais non, il doit réussir cette mission.

« Si le cadeau n’est pas loin, pense Renato, mon faisceau de lumière va faire briller le joli nœud doré des lutins. »

Soudain, Renato est ébloui. Qu'est-ce que c'est ?

Pas possible, Renato n'en croit pas ses yeux ! C'est trop facile !
« Par le velours de mes bois, le cadeau est juste devant moi ! »

Il s'empare du paquet et court à toutes pattes vers la ville. Renato est fou de joie et il hurle à tout-va :
« Par le velours de mes bois, j'ai retrouvé le cadeau égaré ! Hip, hip, hip, hourra ! »

De retour à la maison, Renato se jette dans les bras de papi et de mamie. Il se rend compte alors que jamais il n'aurait pu réaliser son rêve sans eux.

« Merci, papi et mamie, vous m'avez aidé à avoir moins peur et à me sentir plus fort ! »

Depuis, à l'école des rennes, tout le monde est d'accord pour dire que Renato rime avec costaud !

Simon et le Grand Marathon des rennes de Noël

Texte de Sophie de Mullenheim
Illustrations de Romain Guyard

Il neige depuis plusieurs jours sur la forêt de l'Épine. Simon, Feuille, Oscar, Ben et Joséphine cherchent une nouvelle activité. Ils ont déjà fabriqué un bonhomme de neige et fait des batailles de boules de neige...

Mais, à présent, ils trouvent
le temps long, car depuis qu'il neige,
ils ne peuvent plus cueillir de mûres
ni chercher des noisettes,
leurs activités préférées.

Soudain, au détour d'un chemin, Simon découvre
une banderole tendue entre deux arbres.
« Aujourd'hui, Grand Marathon des rennes de Noël ! »
lit-il à haute voix.

Ben n'en croit pas ses oreilles. Il a toujours rêvé d'y participer, car les gagnants de la course assisteront à la tournée du Père Noël.

« Je dois m'inscrire ! Je dois m'inscrire ! » crie-t-il, tout excité.

Aussitôt dit, aussitôt fait !

Ben a fière allure avec son dossard numéro 7.
« Voici quelques noisettes pour te donner des forces,
dit Feuille.

– J’ai étudié la carte du parcours, ajoute Oscar. Je te conseille de contourner l’étang. C’est plus long mais plus prudent. Et méfie-toi : il y a un trou après le deuxième rondin.
– Où est passé Simon ?» interroge Joséphine.

Ils sont une vingtaine de rennes sur la ligne de départ.
Des grands, des petits, des marron, des bruns
et des roux, des costauds et des gringalets…

« Les six premiers seront sélectionnés pour la tournée du Père Noël », annonce le juge dans son micro.
Joséphine regarde ses amis.
« C'est Simon ! » s'exclame-t-elle en reconnaissant sa voix.

Debout sur une estrade, Simon sourit de toutes ses dents. Si Ben rêvait de courir le marathon, lui rêvait de parler un jour dans un micro.

Après avoir parlementé avec le présentateur, qui a le nez bouché et la voix cassée, Simon a obtenu ce qu'il voulait : c'est lui qui commentera la course.

« À vos marques, prêts, partez ! » lance-t-il en agitant un drapeau.

Les premiers rennes s'élancent
si vite que Ben n'ose plus bouger.
À quoi bon partir si c'est déjà perdu ?
« Allez ! l'encourage Joséphine.
Tu feras un magnifique renne
de Noël. »

Ben sourit. Il s'imagine, un grelot autour du cou, sautant de maison en maison, le Père Noël, derrière lui, assis dans son traîneau. Joséphine a raison : il fera un très beau renne de Noël. Alors, des étoiles plein les yeux, il démarre sur les chapeaux de roue.

Très vite, Ben double un renne. Puis un autre. Et un autre encore. « Voilà le dossard numéro 7 qui gagne du terrain », commente Simon du haut de son estrade.
Ben se sent pousser des ailes. Il rattrape le groupe des coureurs de tête en un clin d'œil. Rien ne peut l'arrêter.

7

Mais un renne à côté de lui a mauvaise mine.
« Ça ne va pas ? lui demande Ben en le doublant.
– Je crois que je n'ai pas assez mangé ce matin. »
Ben hésite, ralentit et lui lance deux noisettes.
« Prends ça, lui dit-il en repartant de plus belle.
Cela te redonnera des forces. »

« Quel beau geste du dossard numéro 7 ! » admire Simon dans son micro.
Caché derrière un buisson, un bonnet rouge hoche la tête.

5

En arrivant à l'étang, tous les rennes se jettent à l'eau.
C'est tellement plus court de le traverser. Pourtant,
Ben se souvient des conseils de son ami Oscar.
« Que se passe-t-il ? s'étonne Simon d'une voix forte.
Le numéro 7 contourne l'étang ! »
Mais Ben a bien fait : il double plusieurs nageurs épuisés.

Tout à coup, un renne, qui a du mal à nager, appelle à l'aide :
« Au secours ! Au secours ! »
Les concurrents continuent de courir. Ben hésite.
« Le numéro 7 va-t-il réagir et aider ce petit renne en danger ? »
ne peut s'empêcher de hurler Simon dans son micro.

Simon a raison, on ne peut pas le laisser se noyer.
Sans attendre, Ben plonge dans l'eau, attrape le renne en danger et le ramène sur la berge.
À l'abri des regards, un bonnet rouge applaudit.

Ben a maintenant pas mal de retard. Il force l'allure. Il saute un premier rondin sans difficulté et arrive devant le deuxième quand il se rappelle ce que lui a dit Oscar : « Méfie-toi : il y a un trou derrière le deuxième rondin. »

Ben ajuste son saut et retombe sur ses pieds de l'autre côté. Derrière lui, en revanche, un coureur n'a pas vu le trou. Il s'est blessé à la patte. La ligne d'arrivée est toute proche désormais. En poussant bien, Ben peut encore se classer parmi les six premiers.

« Allez, Ben ! » crie Simon dans son micro en oubliant de commenter la course.
Mais le renne revient vers le concurrent blessé, le hisse sur son dos et court comme il peut vers la ligne d'arrivée.

Évidemment, il est bon dernier.
Simon est un peu déçu mais très fier de son ami. Il félicite les vainqueurs, puis en profite pour ajouter un petit mot personnel :

« Bravo au dossard numéro 7, qui a été le plus brave des concurrents ! »
Au même moment, le bonnet rouge surgit de derrière les buissons.
« Oui, bravo le numéro 7 ! » applaudit le Père Noël.

« J'ai suivi toute la course en cachette, avoue-t-il.
Bravo aux six vainqueurs, vous avez été admirables. »

Il se tourne vers Ben. « Mais je voudrais inviter Ben à rejoindre ma tournée, lui aussi. Ben, tu as aidé les autres avant de penser à toi. C'est la plus belle qualité que l'on cherche chez un renne de Noël. Félicitations ! »
Ben rougit jusqu'aux oreilles.

C’est le jour de gloire de Ben. Et celui de Simon aussi. Car le petit raton laveur est si heureux d’avoir le micro dans la main qu’il improvise soudain une chanson.

« Il neige sur la forêt de l’Épineeee ! chevrote-t-il.

– Tu nous casses les oreilles ! » lance un participant en rigolant.

Alors, une première boule de neige éclate sur la tête de Simon. Le petit raton laveur riposte sur-le-champ. Ni une ni deux, le Grand Marathon des rennes de Noël se transforme en une formidable bataille de boules de neige. Décidément, quelle journée !

Loi n° 49-956 du 16 juillet 1949 sur les publications destinées à la jeunesse,
modifiée par la loi n° 2011-525 du 17 mai 2011.
Dépôt légal : octobre 2020.
Imprimé en chine. Printed in China.